AW

„Adelhard Winzer hat viele Rollen eingenommen in seinem Leben, viele Entscheidungen getroffen, aber auch einiges bereut. In diesen Lebensnotizen beschreibt er, wie Heimat duftet, wie sich Angst und Zerrissenheit anfühlen, wie der Ruhm schmeckt – und wie er zum Schreiben kam. Eine lesenswerte Lebensreise." Dr. Maria Karafiat

Adelhard Winzer, geboren in Karlshuld, Donaumoos, lebt heute im Chiemgau. Erlernte das Bäckerhandwerk. Spielte mit sechzehn in der ersten Band. War Discjockey und als Berufsmusiker in Deutschland, Österreich und der Schweiz unterwegs. Veröffentlichte ein Kinderbuch. Arbeitete in einer Großbank. Wurde zur Lesung in den Grünen Salon der Volksbühne Berlin eingeladen. Belegte den dritten Platz beim Fränkischen Kurzgeschichtenpreis. Widmete sich, nach dem Eintritt ins Pensionsalter, endgültig dem Schreiben und Zeichnen.

ADELHARD WINZER
ÜBER DIE SPRACHE HINAUS

Biographisches

Bibliografische Information der
Deutschen Nationalbibliothek: Die
Deutsche Nationalbibliothek verzeichnet
diese Publikation in der Deutschen
Nationalbibliografie. Detaillierte
bibliografische Daten sind im Internet
über http://dnb.dnb.de abrufbar.

Herstellung und Verlag:
BoD – Books on Demand, Norderstedt
Umschlaggestaltung:
Adelhard Winzer

ISBN 9783-753460789

ÜBER DIE SPRACHE HINAUS

Meinen Eltern

„A time to love, a time to hate
A time for peace, I swear it's not too late"

Pete Seeger

Kindheit

Ich frage mich manchmal: Wer hat
mir geholfen? Wer nicht? Und wer ist
schon gestorben? Ich erinnere mich an
einen Bauernhof. An die Melkkübel
der Magd, an den dumpfen Geruch im
Kuhstall. Später das Wort *Schmoll-
mund*. Oder: *Warum bist du immer da-
gegen?!* Warum? War ich nie positiv?
War ich nie dafür? Einmal dachte ich,
es sei alles richtig, was ich mache.
Dann sagten die Großen: *Es ist alles
falsch!*

Schlager

Das Akkordeon meines Vaters hat mich beeindruckt. Schlager, die in zwei oder drei Minuten eine Geschichte erzählen konnten. Darin war bereits alles enthalten, was das Leben betrifft: Liebe, Freundschaft, Trennung und Schmerz. Wahrscheinlich ist das ein Grund, warum ich so kurze Sachen schreibe.

Kunst

Es gab einmal eine Fernsehserie, in der Gemälde interpretiert wurden, seriöse Sprecher und alles sehr wissenschaftlich. Da wurden die Bilder zu Tode kommentiert, dass ich mir dachte: Warum hast du das nicht bemerkt? Stimmt das? Ich möchte frei und unbelastet ein Bild anschauen, ohne dass mir jemand einen Vortrag hält!

Empfindung

Es gibt Lieder, die einen sofort treffen, auch wenn man die Sprache nicht versteht. *Trois Petit Notes de Musique* von *Cora Vaucaire* zum Beispiel. Das Chanson hat so eine anrührende Melodie, dass ich weinen könnte, wenn ich es höre. Oder *Le Métèque* von *Georges Moustaki*, übersetzt von *Walter Brandin*. Unglaublich feinfühlig, poetisch und sachlich zugleich.

Literatur

Der Roman *On The Road* von *Jack Kerouac* (in der Übersetzung aus dem Jahr 1959) hat mich beeindruckt. Vor allem das erste *Tagebuch* von *Max Frisch*, das mir die Schwester eines damaligen Freundes aus Schrobenhausen geschenkt hat. Dieses Tagebuch habe ich in *Zürich* gelesen, nein, regelrecht studiert! Ein zwischenzeitlich ziemlich vergilbtes Taschenbuch mit Stockflecken, Eselsohren und zahllosen Bleistiftanmerkungen von mir. Seitdem verbinde ich *Zürich* mit dem Namen *Max Frisch*. Aber auch die poetischen Miniaturen von *Federigo Tozzi: Tiere, Dinge, Menschen* haben mich beeinflusst. *Paul Bowles* und seine phantastischen *Stories aus Marokko*. Die gefühlvollen Geschichten von *Arthur Steiner: Bis Größe 48*.

Dialekt

Schreiben ist für mich immer wichtiger geworden. Selbst das Verfassen einer E-Mail. Die Transformation von der Mundart ins Hochdeutsche ist außerordentlich schwierig. Was beim Telefonieren wie selbstverständlich klingt, stellt für mich beim Schreiben eine große Herausforderung dar. So dass ich mich immer wieder freue, wenn ich einen komplizierten Satz hinbekommen habe.

Planung

Ich bin eher so ein kritischer Mensch, der die Begebenheiten gerne von hinten aufrollt. Sodass die Geschichte eine ganz andere Richtung bekommt, als geplant (falls von einer Planung überhaupt die Rede sein kann), weil ich fast immer nur drauflosschreibe.

Geschichten

Einen Weg, den ich verfolgen würde
beim Schreiben, gibt es nicht. Meine
Geschichten bewegen sich zwischen
Realität und Fiktion. Ich weiß bis heute nicht, wie es geht, will es auch nicht
wissen, nichts beweisen oder festma-
chen, was im Buch zusammenfindet.
Nur so funktioniert mein Schreiben.

Lehrbücher

Ich habe fast alle Lehrbücher über die Schauspielkunst durchgearbeitet, die mir zugänglich waren. Bücher von und über Stanislawski, Adler und Strasberg. Interviews und Biographien von Kazan, Brando, Dean, Zadek. Shakespeare-Übersetzungen von Brasch, Widmer, Richartz, Fried. Stücke von Albee, Kroetz, Fassbinder, Achternbusch, Bernhard und Frisch. Ich saugte auf, was ich kriegen konnte. Dürrenmatt, Pirandello, Wilder, Williams. Stücke von Brecht, Sperr, Horváth, Fleißer, Specht, Ionesco, Büchner und Tschechow, Beckett, Zuckmayer –

Bühne

Mein Vater war Schauspieler auf einer kleinen Bühne. Von ihm habe ich ungewollt das Wichtigste gelernt, nämlich: wie man es nicht machen sollte. Mein größtes Theatererlebnis war eine Aufführung mit ihm, als ich noch nicht wusste, was eine Theaterbühne für Erwachsene bedeutet. Ich war fünf oder sechs Jahre alt, saß in der ersten Reihe. Der Vorhang öffnete sich einen Spalt, jemand stand dahinter und beobachtete (höchstwahrscheinlich aufgeregt und erwartungsvoll) das HOCHVEREHRTE PUBLIKUM. Ich wusste, das ist mein Vater! Ich erkannte ihn an seinem Husten. Ich erkannte ihn, obwohl ich ihn nicht erkennen durfte. Das war für mich damals GROSSES THEATER, wahrscheinlich aber auch einer der Gründe, warum ich heute versuche, frei von vorgeformten Erwartungen und streng überlieferten Auffassungen zu schreiben. Stücke, die über eine objektive Wahrheit hinausgehen und sie trotzdem bewahren.

In der Schwebe

Ich möchte „nicht alles sagen", das Geschehen in der Schwebe halten, um die Phantasie des Lesers anzuregen, ihn vielleicht zum Nachdenken bringen.

Verständigung

Manchmal ist es so: Einer spricht und der andere hört zu, erkennt Parallelen zu seinem Leben, sagt aber nichts. Dann ist es wieder anders: Zwei treffen sich, reden fast nichts, weil der, der was sagen wollte, merkt, dass der andere, der auch etwas sagen wollte, keine Zeit hat, so reden beide aneinander vorbei.

Spätentwickler

Ich weiß nicht, warum ich so spät zu schreiben angefangen habe. Vielleicht, weil ich erst etwas erleben wollte. Mein Geburtsort allein kann es nicht sein, das habe ich schon als Kind gemerkt, später als Bäckerlehrling und Gehilfe. Es war aber nicht so, dass ich mir gesagt hätte: Ich muss hier raus, ich mache das jetzt, damit ich später etwas darüber schreiben kann. Ich habe in meinem Leben alles voller Begeisterung gemacht. Bis ich an den Punkt kam, wo es mich nicht mehr interessierte.

Radio

Durch das Radio bin ich zur Musik gekommen. Da liefen all die Schlager. Von *Freddy Quinn* bis zu *Caterina Valente*. Ganz einfache Melodien und gerade deshalb so schön. Ich hatte kein Interesse an klassischer Musik, das kam erst viel später.

Gitarre

Für mich war die Gitarre das prägende Instrument, das hat mich interessiert, da habe ich zugehört, wenn ein Gitarrensolo im Radio kam. Der *Echo-Boogie* von *Jörgen Ingmann* zum Beispiel oder *Africa*. Auch die frühen Stücke von den *Shadows*: *Wonderful Land, Chu Chi, All Day*, aber auch Gesangsnummern wie *This Hammer, I Want You To Want Me*. Dazu andere Gitarrenbands: *The Spotnicks, The Javalins, The Tielman Brothers*. Lieder mit raffinierten Zwischensolos, überhaupt die tiefen Gitarrensaiten haben mich bewegt. Der Münchner Gitarrist *Paul Würges* [1], auch als *Jeff Jackson* bekannt, hatte einen ganz eigenen Gitarrenstil und ein tolles Gespür für Improvisation, das man nicht einfach so lernen kann. Mit ihm habe ich ein Interview geführt. Auch mit *Hans Griebl* [2] vom Bayerischen Rundfunk. Es gab ja damals im Radio noch wirklich interessante Oldie-Sendungen. *Aus meiner*

Rocktasche zum Beispiel, moderiert von *Georg Kostya*. Oder *Hans Griebl* mit seinem *Schlagerladen*. Eine ganze Generation hat da zugehört, Wünsche geäußert, Tonbandmitschnitte gemacht!

Schallplatten

Früher wurden im Radio fast alle Platten gespielt, die auf den Markt kamen. Vor allem an das Instrumentalstück *Wheels* von *Billy Vaughn* erinnere ich mich. Oder an den *Red River Rock* von *Johnny & The Hurricanes*. Gruppen und Orchester kamen im Radio, von denen ich noch nie etwas gehört hatte. Lieder mit unglaublich starken Zwischensolos, *Cin Cin* von *Richard Anthony* zum Beispiel, von dem ich bis heute nicht weiß, wer die Elektrogitarre spielt. Die Akustikgitarre von *La Guitarra Brasiliana!* Manche Platten waren nur in Musikboxen zu hören, *Black Eyes* von *Jimmy & The Rackets* oder *West Of Samoa* von *Speedy West*. Gitarrenmusik hat mich fasziniert. Egal was ich gerade machte, ich ließ alles stehen und liegen, wenn ein Gitarrensolo im Radio kam. Großartige Aufnahmen, die ich heute noch gerne höre, ohne dass mir langweilig wird dabei.

Berufsmusiker

Ich war mehrere Jahre in Deutschland, Österreich und der Schweiz als Berufsmusiker unterwegs. Nichts und niemand hätte mich davon abhalten können. Ich habe in meinem Leben immer das gemacht, was mich interessierte. Mein Instrument war die Gitarre. Und gespielt wurde Tanzmusik. Es gab damals noch keine hundert Fernsehsender. Die Leute gingen noch zum Tanzen. Ich war mit der ersten Band jedes Wochenende unterwegs, und die Lokale waren brechend voll. Wir spielten von Schlager bis Jazz fast alles. Dann tourte ich mit einer österreichischen Musikgruppe durch die Lande. Wir hatten Auftritte in *Lech am Voarlberg*, *Altenmarkt*, *Obergurgel*. Auch in *Eppan*, Italien. In *Dortmund* und *Aachen*, *Karlsruhe*, *Tuttlingen*, *Stuttgart*, *Bad Reichenhall*. Später war ich mit einer Schweizer Band unterwegs. Jeden Abend auf der Bühne. Das kann man sich heute gar nicht mehr vorstellen. Es war wie ein Sprung ins kalte Wasser. Vor allem in der französischen Schweiz. Aber die Musik überwand alle Sprachbarrieren. Ich spielte in *Wengen*, in *Biel* und *Arosa*, in *La Chaux-de-Fonds, Hauenstein, Langenthal, Horgen, Zug, Aarau, Brig Glis, Bützberg* und *Grenchen*. In *Crans-Montana*, in *Adelboden, Sierre* und *Les Geneveys*. Unser letztes Gastspiel fand in *Zürich* statt, im legendären *Café Odeon*, wo *Max Frisch* sein erstes *Tagebuch* geschrieben hat. Es war eine fantastische Zeit! Anschließend legte ich in einer Züricher Discothek die Platten auf. Da wäre ich wahrscheinlich noch heute, wenn nicht die Aufenthaltsgenehmigun abgelaufen wäre. So musste ich nach Deutschland zurück. Nachdem ich sehr gute Referenzen hatte, machte ich als DJ weiter. Ich war in *Neugablonz, Weilheim, Neustadt an der Waldnaab, Albstadt-Ebingen, Ulm, Türkheim, Lauffen am Neckar*. Worauf ich in einer Großbank zu arbeiten anfing. Es war genau der richtige Zeitpunkt. Die wilden Jahre waren vorbei. Also fing ich noch einmal etwas ganz Neues an.

Probleme

Ich glaube, ich habe die meisten Probleme verdrängt. Mein größtes Problem war die Trennung von Zuhause. Ich habe mich im Streit von meinem Vater getrennt. Anfangs dachte ich, das würde ich leicht überstehen, aber es war alles ganz anders. Auch wenn wir uns später versöhnt haben, kam ich nie ganz darüber hinweg. Nach der Trennung wohnte ich in Schrobenhausen, in einem Hochhaus, ganz oben im achten Stock. Da stand ich manchmal vor der Balkontür, starrte hinunter und dachte: Soll ich springen oder nicht?! Ich bewegte mich am Rand der Gesellschaft, rasierte mich nicht mehr, ließ mir die Haare wachsen. Das fanden einige cool, doch die interessierten mich nicht. Ich begann Lieder zu schreiben und Gedichte. Eines dieser Gedichte habe ich aufgehoben, es wurde in meinem ersten Buch *Andreas* veröffentlicht. Nie hatte ich mich für Literatur interessiert, aber jetzt. Ich stieß auf die Bücher von

Jack Kerouac, Jerry Rubin, Allen Ginsberg, Hermann Hesse. Nach außen hin Revoluzzer, aber innerlich zerrissen, suchte ich verzweifelt nach einem Halt. Ich hatte einen Job als Discjockey, hörte unentwegt Musik. Hätte es damals nicht diese tollen Lieder gegeben, ich glaube, ich wäre hilflos abgestürzt. Vielleicht klingt es seltsam, aber die Songs von *James Taylor*, *Leonard Cohen*, *Simon and Garfunkel*, *Jim Croce*, *Crosby, Stills, Nash & Young* oder *Cat Stevens* haben mich gerettet. In dieser Zeit verliebte ich mich in eine junge Amerikanerin. Ich dachte, es wäre für immer. Aber es war nur eine kurze Affäre. Es brach mir fast das Herz, als sie wieder zurück nach Amerika musste und ich allein am Flughafen stand. Daraufhin verließ ich Deutschland und trampte mit Rucksack und Gitarre durch Frankreich und Spanien. Ich wollte zu ihr, nach Amerika. Aber es ging nicht. Ich hatte alles hinter mir gelassen und wusste nicht mehr weiter. So landete ich auf Gran Canaria, fand eine billige Unterkunft und überwinterte auf der Insel.

Selbstfindung

Auf Gran Canaria lernte ich junge Leute kennen, Engländer, Franzosen, Amerikaner. Ich spielte Gitarre, komponierte Lieder, lebte mit ihnen am Strand. Aber der Trennungsschmerz wühlte noch immer in mir. Ich weiß nicht, wie ich die Zeit überstanden habe. Ich weiß nur, dass es richtig war, was ich gemacht habe. Erst durch diese Reise habe ich zu mir gefunden. Es war aber noch nicht vorbei. Jahre später, als ich mich in München niederließ, noch vor meiner Bankkaufmannsprüfung, hatte ich manchmal so starke Träume, dass ich nachts schweißgebadet verkehrtherum im Bett erwachte.

Gegenwart

Ich glaube, die Gegenwart gibt es gar nicht. Wir denken immer an gestern oder an morgen. Weil wir keinen Garten mehr haben, wie wir ihn als Kinder gehabt hatten, wollen wir wieder einen mit Radieschen, Kohlrabi, Erdbeeren, Gurken und Bohnen. Weil wir keinen neuen Wagen haben, denken wir an das neue Modell vom nächsten Jahr. Nur Kinder leben in der Gegenwart, wenn sie spielen. Oder Künstler, vertieft in ihr Werk.

Optimist

Wenn ich etwas Negatives sehe, versuche ich darin das Positive zu erkennen. Ohne das Negative gäbe es das Positive nicht. Zu viel Positivismus schadet, damit meine ich das falsche Grinsen in der Werbung. In meinen Zeichnungen versuche ich das zu zeigen: Die allmähliche Blindheit der Menschen, die einhergeht mit der Gewohnheit, nichts anderes mehr gelten zu lassen. Es gibt einen Spruch, der lautet: *Man sieht nicht, was man täglich sieht!* Jedenfalls bin ich kein Illusionist.

Zeichnen

Gezeichnet habe ich schon als Kind. Doch gab es in der Schule einen Lehrer, der mir das verbieten wollte, weil ich alles auf den Kopf gestellt habe. Erst Jahre später, nachdem ich eine Ausstellung mit Werken von *Paul Klee* gesehen hatte, fing ich wieder zu zeichnen an. Daraufhin konnte mich nichts mehr aufhalten. Ich betrieb Privatstudien, angefangen bei den *Höhlenmalereien* in Frankreich, bis zum *Museum of Modern Art* in New York.

Groß und Klein

Hinter dem Hügel hört die Welt auf. Mehr, glaube ich, habe ich als Kind nicht gedacht. Man denkt ja nicht viel als Kind, viel mehr fühlt man, ist voll eingebunden in das Leben ringsumher. Damals glaubte ich alles, was gesagt wurde von den Großen. Und wenn ich zu viel glaubte oder jemandem zu sehr vertraute, hieß es nur: *Und wenn der in die Donau springt, springst du dann auch hinein?* Meine Welt hörte hinter dem Hügel auf.

Geburtsort

Karlshuld, im Donaumoos. Das ist mein Geburtsort. Das ist die Gegend, die mich geprägt hat. Da habe ich meine ersten Gehversuche gemacht. Auch wenn ich nicht dort bin, bin ich dort. Vor allem in *Kleinhohenried*, wo ich meine Kindheit verbrachte.

Was ist wichtig?

Wichtig wäre, dass man an sich glaubt.
Sich nicht ablenken lässt von Sachen,
die einen nicht weiterbringen. Auch
wenn man es nicht begründen kann,
weil fast alles nur noch auf Funktiona-
lität ausgerichtet ist. Wenn man nicht
aufpasst, verliert man das Gefühl für
sich selbst. Kaum einer weiß noch, in
welchem Verhältnis er zu den andern
steht.

Liebe

Liebe sollte großgeschrieben werden in den Familien. In den Zeitungen, in den Schulen, im Internet! Liebe lässt die Leute lächeln. Und doch erscheint sie einem oft als Widerspruch.

Schwächen

Ich würde gerne meine Unsicherheit ablegen, das Gefühl, nicht ernst genommen zu werden. Auch meine Euphorie, die eigentlich nichts Schlechtes ist. Ich kann mich sehr schnell für etwas begeistern, das ich nachher manchmal bereue. Bisweilen ist es aber diese Schwäche, die mich stärkt oder weiterbringt, und wäre es nur die Erfahrung, gescheitert zu sein.

Großeltern

Meinen Großvater väterlicherseits durfte ich oft in seinem Gartenhäuschen besuchen, zuschauen, wie er Rechen machte für die Bauern aus der Umgebung. Mit Schnitzmesser, Schraubstock und Hobel hat er gearbeitet, das hat mir gefallen. Er war immer freundlich zu mir, obwohl die Leute sagten, er sei ein unmöglicher Mensch. Die Großmutter hat immer gewusst, wo man etwas umsonst bekam oder bei wem man sich etwas dazuverdienen konnte. Von ihr, glaube ich, habe ich meinen ausgeprägten Ordnungssinn. Dafür habe ich meine Großmutter mütterlicherseits nur als schwerkranke Frau in Erinnerung. Sie hatte Rheuma, konnte sich kaum noch bewegen, saß den ganzen Tag im Zimmer und ein Arm war immer in eine Decke gewickelt. Wenn ich mich recht erinnere, war es der linke Arm. Den wollte ich immer streicheln, wenn ich bei ihr war. Aber sie mochte das nicht. Manchmal hat sie mich so angeschaut, dass ich gar nicht mehr wusste, freut sie sich jetzt oder ist sie traurig? Wie ein verwundetes Tier ist sie mir oft vorgekommen, wenn sie jammerte. Ich wollte ihr immer helfen, konnte es aber nicht. Niemand konnte ihr helfen. Von dieser Oma hab ich fast alles bekommen, was ich mir wünschte: Nussschnecken, Kekse, Traubenzucker, Schokolade! An die Nussschnecken erinnere ich mich besonders.

Schneckmo

Jeden Freitag kam er mit seinem Fahrradanhänger auf den Bauernhof meines Onkels, wo ich meine Kindheit verbrachte. Brot und Semmeln hat er verkauft, Brezen und Schnecken. Ich erkannte ihn schon von Weitem, wenn er mit seinem klapprigen Anhänger in den Hof einbog. Ich glaube, ich habe dann immer gerufen: DER SCHNECKMO KOMMT, DER SCHNECKMO! Es war immer ein Erlebnis für mich. Das hat so fein geduftet, wenn er die Plane seines Anhängers aufgemacht hat. Nur manchmal ging ich leer aus, aber das war der Ausnahmefall. Ich habe mich immer gefreut, wenn der SCHNECKMO gekommen ist. Auch wenn es ein ziemlich mürrischer Mann war, der mit Kindern nichts anfangen konnte.

Schule

Ich glaube, ich habe es meinem Vater
nicht leicht gemacht. Meine Schwester,
drei Jahre älter als ich, war sein Ein und
Alles. Die hat er vergöttert. Die war
immer bei den Klassenbesten, hat lau-
ter Einser nach Hause gebracht. Die
war mir meilenweit voraus, da konnte
ich nicht mithalten. Die Schule war
ja für mich eine ganz schlimme Zeit.
Fast jeden Tag gab es Strafarbeiten und
Tatzen. Rausstellen musste man sich,
wenn man etwas angestellt hatte, und
wenn es nur der Griffel war, der einem
runterfiel. Dabei bin ich die ersten Jahre so gerne in die Schule gegangen. Da
hatten wir eine junge Lehrerin, die es
verstanden hat mit uns. Sie hat mich
geliebt und ich sie auch. Selbst am
Sonntag wollte ich noch in die Schule.
Aber nach der dritten Klasse hat sich
alles verändert. Da bekamen wir einen
Lehrer, der immer seine Wut an mir
ausgelassen hat. Er hat mich total abgelehnt. Ich bekam so eine Angst vor

diesem LEHRER, dass ich nicht mehr in die Schule gehen wollte, ich alles nur noch als Strafe empfand: Das Treppensteigen im Schulhaus am frühen Morgen mit den Mitschülern. Das schlecht gelüftete Klassenzimmer. Der penetrante Bohnerwachsgeruch im Treppenhaus. Selbst die Pause war keine Pause mehr, weil ich schon wieder was falsch gemacht hatte.

Vater

Mein Vater war im Grunde ein ganz schwacher Mensch, ohne eigenen Halt. Er hat sich nicht interessiert für mich. Sein Spruch lautete: DASS ICH JA NICHTS SCHLECHTES HÖREN MUSS VON DIR! Ich war eingeschüchtert, grüßte von Weitem die Leute, die alle wichtiger waren als ich: GRÜSS GOTT HERR PFARRER! – GRÜSS GOTT HERR LEHRER! – GRÜSS GOTT HERR DOKTOR! – GRÜSS GOTT! Ich habe damals oft die Schule geschwänzt, wusste nicht mehr wohin. Ich habe alles verheimlicht vor meinem Vater. Ich glaube, er hat überhaupt nichts gemerkt. Er war ja selten zu Hause, und wenn, lag ich bereits im Bett. Aber ich erinnere mich auch an schöne Zeiten. Vor allem, wenn er Akkordeon spielte. Dann war er wie ausgewechselt, ein völlig anderer Mensch!

Mutter

Meine Mutter hat stets versucht, mich zu schützen vor den Schlägen meines Vaters. Ich weiß nicht, was ich alles angestellt habe, aber es müssen ganz schlimme Sachen gewesen sein. Meine Mutter war sehr einfühlsam, das genaue Gegenteil von meinem Vater, der überhaupt nicht lieb sein konnte zu mir.

Anneliese

Nur wenn er gut aufgelegt war oder ge-
trunken hatte, spielte uns der Vater auf
dem Akkordeon etwas vor, oder er fing
an zu singen. Ich weiß noch, dass ich
immer ANNELIESE hören wollte: WO
ICH DOCH VOM LETZTEN GELD, DIE
BLUMEN HAB FÜR DICH BESTELLT –
UND WEIL DU NICHT BIST GEKOM-
MEN, HAB ICH SIE VOR WUT GENOM-
MEN – IHRE KÖPFE ABGERISSEN UND
DANN IN DEN FLUSS GESCHMISSEN!
Da habe ich instinktiv gemerkt, dass
mit diesem UND WEIL DU NICHT BIST
GEKOMMEN etwas nicht stimmte. Weil
es so fremd klang für meine Ohren.
Das musste doch heißen: WEIL DU
NICHT GEKOMMEN BIST! Oder: GEHN
WIR MAL RÜBER – GEHN WIR MAL RÜ-
BER – GEHN WIR MAL RÜBER ZUM
SCHMIED SEINER FRAU! Es gab ja so
viele Lieder mit zweideutigen Tex-
ten, die ich nicht verstand: HEDWIG,
ACH HEDWIG, DIE MASCHINE GEHT
NICHT – HAB DIE GANZE NACHT

PROBIERT UND DAS GANZE ÖL VER-
SCHMIERT! Manchmal hat er ein Lied
nach dem anderen gesungen, bis in die
frühen Morgenstunden. Und LA PA-
LOMA – wenn das im Radio kam,
mussten wir alle still sein! Er brach fast
in Tränen aus, so sehr hat ihn das bewegt.

Bauernhof

Die Zeit auf dem Bauernhof meines Onkels war meine schönste Zeit. Die Abgeschiedenheit auf dem Land, die Wiesen und Felder. Das Leben auf dem Bauernhof hat mich geprägt. Auch wenn ich als Kind schon mitarbeiten musste. Manchmal habe ich mich versteckt, aber mein Onkel hat mich immer gefunden. Dann musste ich mithelfen, ob ich wollte oder nicht. Aber ich war auch ein sehr lebhaftes Kind, hatte viele Freiheiten. Manchmal, wenn ich abends nicht einschlafen konnte, fing ich zu beten an: LIEBER GOTT – LASS ES SCHON MORGEN SEIN! So sehr habe ich mich am Leben gefreut. Auch später noch habe ich während der Schulferien auf dem Bauernhof mitgearbeitet. Da wurde ich behandelt wie ein Erwachsener. Und das wollte ich sein – erwachsen! So wie der Knecht, dem ich damals hinterhergerannt bin. Den hab ich bewundert. Der konnte zwei vollgeladene Kartoffelwägen mit dem

Traktor rückwärts an die Güterwaggons rangieren, dass die Leute von der Bahnstation nur so geschaut haben. Den habe ich verehrt, auch wenn er mich manchmal abgelehnt hat, nichts mit mir zu tun haben wollte. Er gehörte ja nicht zur Familie, er musste früh aufstehen, den Stall ausmisten, Kühe melken, während die andern noch geschlafen haben. Auch der BAUER, wie er meinen Onkel oft genannt hat. Trotzdem fühlte ich mich manchmal allein gelassen, hatte niemanden, mit dem ich reden konnte. Nur hin und wieder kam ein ältere Herr auf den Hof. VETTER SEPP, haben ihn alle genannt. Der hat mich genommen, wie ich war, nicht an mir herumgemäkelt. Der hat immer zu mir gesagt: AUS DIR WIRD EINMAL EIN BOTSCHAFTER – AUS DIR WIRD MAL WAS BESONDERES! Den habe ich nie böse erlebt. Wenn der ins Zimmer kam, hat er mit seiner freundlichen Art den ganzen Raum ausgefüllt! Trotzdem habe ich mich oft allein gelassen gefühlt. Obwohl auf dem Bauernhof immer was los war. Wenn es um etwas ging, was die Familie meines Onkels betraf, merkte ich, dass ich ausgeschlossen war. Dass mich das nichts anging, weil ich nicht dazugehörte. Das ist mir schon sehr früh bewusst geworden.

Interessen

Mich interessieren einfache Sachen. Bücher und Filme, die Freiräume lassen für die eigene Phantasie. Ich mag es, wenn nicht alles gesagt wird. Aber auch Bücher, Filme, in denen nichts einseitig wirkt, keine Religionen oder andere Gruppen ausgrenzende Kunstrichtungen. GELOBT SEI JESUS CHRISTUS, haben wir als Ministranten gesagt, wenn der Herr Pfarrer in die Sakristei kam. Und der Herr Pfarrer hat gesagt: IN EWIGKEIT AMEN. Derselbe Herr Pfarrer, der mich eine Stunde vorher im Religionsunterricht an den Haaren gezupft hat. Weil ich die Zehn Gebote nicht auswendig konnte.

Häxelmaschine

Ich glaube, meine früheste Kindheitserinnerung hängt mit einer Häxelmaschine zusammen. GSOTMASCHINE haben wir dazu auch gesagt. Ich war damals mit einer Horde Kinder auf dem Heuboden. Wir spielten BAUER UND KNECHT. Die Kinder kurbelten an dem großen Rad hinter der GSOTMASCHINE und ich stand daneben, war der BAUER, wollte die Zahnräder auswechseln, wie ich es von meinem Onkel gesehen habe. Ich dachte, die Kinder hören auf zu drehen, griff mit der Hand in die Zahnräder. Da spritzte das Blut herum wie bei einer Schweineschlachtung, Alle Kinder waren auf einen Schlag verschwunden. Und ein süßer Schmerz durchzuckte meinen Finger. Ich schrie wie am Spieß, kletterte mit der blutverschmierten Hand über die angelehnte Heubodenleiter, bis ich mich auf einem Operationsstuhl wiederfand, mich der Herr Doktor etwas fragte, was ich sofort verstand: KANNST DU SCHON ZÄH-

LEN? Bis sieben bin ich gekommen, dann hat die Narkose gewirkt. Ich war vier Jahre alt und konnte schon zählen. Das hat mich abgelenkt von meiner Angst und den Schmerzen. In dem Moment, als ich gefragt wurde, ob ich schon zählen kann, fing ich an zu zählen und alles wurde leichter.

Unfall

Ich habe als Kind mehrere Schutzengel gehabt. Beim ersten Mal merkte ich gar nicht, dass ich in einen Unfall verwickelt war. Ich erwachte unverletzt im Straßengraben. Selbst die Flasche Bier, die ich für meinen Vater holen musste, war noch ganz. Ich habe mich auf dem Heimweg von der Wirtschaft auf meinem Fahrrad an den Anhänger eines Traktors gehängt, und wurde beim Abbiegen vor unserem Haus von einem Motorrad erfasst. Das Vorderrad hatte einen Achter, aber mir ist nichts passiert, auch dem Motorradfahrer nicht. Ein Jahr später wäre ich beinahe ertrunken. Etwas zog mich in die Tiefe, bis ich nur noch weiße Gischt vor meinen Augen sah. Im darauffolgenden Winter bin ich beim Schlittschuhlaufen eingebrochen. Derselbe Weiher, fast die gleiche Stelle. Es krachte und das Eis brach ab wie Blätterteig! Ich habe regelrecht gespürt, wie der Tod nach mir greifen wollte. Und alle Kinder standen wie gebannt am Ufer. Erst nachdem mir ein älterer Junge einen Ast zugeworfen hatte, konnte ich mich retten. Ich bin allein mit dem Fahrrad nach Hause gefahren. Meine Mutter hat geschimpft, mir große Vorwürfe gemacht. Erst im Bett wurde mir klar, was da passiert war. Irgendjemand wollte, dass ich noch nicht gehe.

Lesen

Ich habe als Kind nicht viel gelesen. Ich erinnere mich, dass bei unserem Friseur im Ort immer so Groschenhefte lagen: TARZAN, AKIM oder SIGURD. Da habe ich manchmal einem anderen Jungen den Vortritt gelassen, weil ich wissen wollte, wie es ausgeht. Aber eine richtige Geschichte gab es da nicht. Hauptsächlich waren es Bilder mit Sprechblasen. Und der Held hat immer gesiegt. Ich habe nicht viel gelesen damals. Dafür eine schöne Kindheit gehabt. Der Bauernhof, die weiten Felder und Wiesen. Die Natureindrücke. Instinktiv hab ich gespürt, dass das etwas Besonderes ist. Auch die Stille, die Stunden allein beim Kühe hüten. Schon am frühen Morgen hörte ich am Himmel die Lerche singen. Das empfand ich als unglaubliche Freude. Das habe ich ganz stark gespürt.

Knecht

Der Knecht auf dem Bauernhof hat mich beeindruck. Der hatte so eine herablassende Art meinem Onkel gegenüber, der wollte das Untergebenen-Spiel nicht spielen. Die Arbeit war immer unter seinem Niveau, das wusste er, daher kam auch sein Protest. Er hat meinem Onkel immer gesagt, was ihm nicht passte. Nicht bösartig, dafür immer mit einem spöttischen Lächeln oder mit einem ironischen Blick. Das hat mich fasziniert. Dem bin ich hinterhergerannt, auch wenn er mich oft weggestoßen hat. Er hat nur gelacht, wenn er Sachen machen musste, die ihm nicht passten. Manchmal ließ er seinen Frust an den Tieren aus, hat sie angeschrien, wenn sie nicht gleich zur Seite gingen, aber nie bösartig, immer mit einem beschwichtigenden Nachsatz. Er war sich seiner Stellung schon bewusst, konnte sich nicht viel erlauben. Da gab es gar keine Alternative. Er war der KNECHT und der Bauer der

BAUER! Auch wenn er beliebt war bei den Bauernsöhnen aus der Umgebung, war er doch keiner von ihnen. Dieses Gefühl hat er mir stark übertragen. Ich war ja auch kein Kind vom BAUER, obwohl ich gut behandelt wurde. Ich merkte, dass ich da nicht dazugehörte, dass ich keiner von ihnen war. Genau wie der Knecht. Das war es wahrscheinlich. Er gehörte nicht dazu und war doch der Größte für mich. Vielleicht gerade deswegen.

Trauer

Wenn es ernst wird, nichts mehr läuft,
denke ich an die Zeit auf dem Bauernhof. Da bin ich vor einigen Jahren hin-
gefahren. Obwohl ich die Geschichte kannte. Nur dass es so schlimm sein
würde, hätte ich nicht gedacht. Der Hof
abgerissen, keine Pferde mehr da, keine Kühe, alles wie ausgestorben. Dabei
gab es früher so viel Arbeit, war alles
so wichtig. Und jetzt – es war wie ein
Schlag ins Gesicht.

Reue

Ich erinnere mich an eine dicke Frau.
Die hatte runde Arme. Ich weiß nicht
warum, aber ihre Arme erschienen mir
immer rund. Keine Schönheit, dafür
war alles andere schön an ihr. Ihre
Worte, ihre Blicke. Ihr ganzes Wesen.
Wenn sie lachte, merkte man, dass es
tief von innen herauskam. Das war
keine schöne Frau. Aber freundlich
und hilfsbereit. Sie war mir als Kind
immer ein Vorbild. Trotzdem habe ich
sie als hässlich empfunden. Und das
bereue ich heute.

Familie

Für den einen bedeutet Familie alles, für den anderen nicht. Jeder soll machen können, was er will. Ich bin sehr früh weggegangen von daheim. Während andere Häuser bauten, Bäume pflanzten und Kinder machten, sich gegenseitig austricksten, wie man so sagt. Ich wurde schon sehr früh geprägt.

Passion

Ich mag den Geruch von frisch gemäh-
tem Heu. Birkenbäume im Wind. Kin-
derzeichnungen. Akkordeonmusik. Ver-
söhnliche Gesten.

Zuhause

Manchmal, wenn es sehr still ist, überfällt mich ein Gefühl, als wäre ich Zuhause angekommen, weiß aber nicht, wo dieses Zuhause ist. Wenn ich ein Akkordeon höre, denke ich an meinen Vater, der mir als Kind oft etwas vorgespielt hat. Das war für mich damals das Schönste auf der Welt.

Nachweise

1 ICH WÜRDE ALLES NOCH EINMAL SO MACHEN, Adelhard Winzer im Gespräch mit Paul Würges, Interview, Memory, Magazin für Freunde deutscher Oldies, 22. Jahrgang, Heft 65, 15. Februar 2000, (Seite 50 bis 56), Herausgeber/Redaktion/Vertrieb: Manfred und Marlene Günther, Am Stutenanger 5a, 85764 Oberschleißheim, Druck: Mühlbauer-Druck, Donaustraße 28, 94491 Hengersberg, Februar 2000.

2 DEN HÖRT MAN GERNE, Interview mit Hans Griebl, Moderator der Sendung Schlagerladen, Memory, Magazin für Freunde deutscher Oldies, 18. Jahrgang, Heft 53, Januar-März 1996, (Seite 36 bis 41), Herausgeber/Vertrieb: Manfred und Marlene Günther, Am Stutenanger 5a, 85764 Oberschleißheim, Redakteur: Horst-Dieter Czembor, Druck: Mühlbauer-Druck, Donaustraße 28, 94491 Hengersberg, Januar 1996.

BÜCHER

ADELHARD WINZER
33 COMPUTER-ZEICHNUNGEN
2019. 88 SEITEN
BOD – BOOKS ON DEMAND, NORDERSTEDT
ISBN 9783748108559

ADELHARD WINZER
HUNDERT ZEICHNUNGEN
2018. 116 SEITEN
BOD – BOOKS ON DEMAND, NORDERSTEDT
ISBN 9783744885737

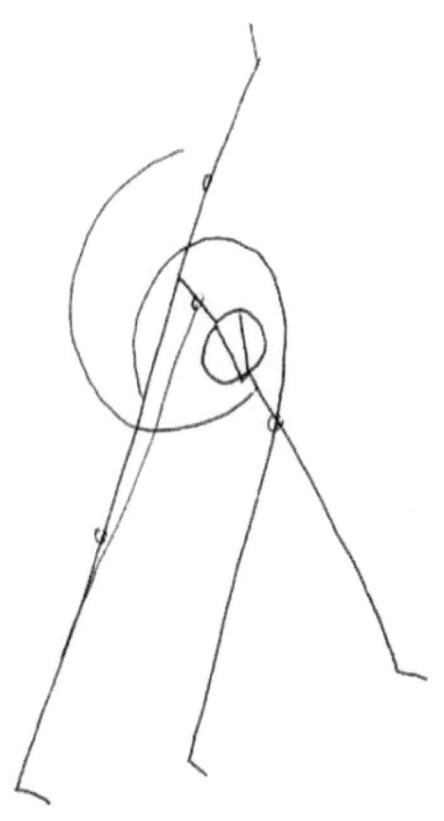

ADELHARD
WINZER
DIE SPRACHGRENZE
GESCHICHTEN
2018. 184 SEITEN
BOD – BOOKS ON DEMAND,
NORDERSTEDT
ISBN 9783746087429

In mehr als hundert ineinandergreifenden Geschichten (die längste hat elf Seiten, die kürzeste vier Zeilen) wird anhand der Parabel, der Groteske, der Fabel und der Übertreibung von Personen und Ereignissen berichtet, denen allen gemeinsam die Thematik „In der Fremde" zugrunde liegt. Skizzenhaft, lakonisch, phantastisch überhöht, bis an die Grenzen der Erzählbarkeit.

„Ihre Texte haben lange auf meinem Schreibtisch gelegen und ich habe immer mal wieder hineingeschaut. Der Titel ‚Sprachgrenze' ist total richtig gewählt. Alle Texte machen vor etwas Halt – eine Wand? Ein Absturz? Ein Paradies? Das wirkliche Leben? (was immer das ist). Man wartet auf einen Durchbruch, aber er kommt nicht. Sehnsuchtstexte! Sehnsucht sehnt sich nach Erlösung. Aber was könnte das sein? Gott? Die Liebe? Die Tat?"
Ruth Rehmann in einem Brief
an Adelhard Winzer

„Deine Geschichten sind klasse, sie ziehen den Leser in den Bann, sind erschreckend ehrlich und hart, sprachlich fein gesponnen."
Thomas Felber, Buchhandlung
Lentner, München

ADELHARD WINZER
ANDREAS. REPRINT. 2019. 80 SEITEN
BOD – BOOKS ON DEMAND, NORDERSTEDT
ISBN 9783749436804

„Dieses Buch wendet sich Problemen zu, wie Jugendliche sie in unserer Gegenwart haben können: der Zweifel am sogenannten Fortschritt, mangelnde Verbundenheit mit der Natur, Missverstehen der Erwachsenen im Hinblick auf jugendliches Verhalten. Das Buch wird gewiß einen Teil von älteren Kindern und Jugendlichen in weiterführenden Schulen gut ansprechen." *Prof. Doktor Anton Reinartz, VJA Nordrheinwestfalen*

„Ein wichtiges Buch, insbesondere für Erwachsene, denn hier können sie etwas erfahren über die Kluft, die sie zwischen sich und den Kindern aufgebaut haben und die Unkindlichkeit unserer Welt." *Klaus Friedrich, München*

„In dem schmalen Büchlein steht Bedeutsames." *Reichenhaller Tagblatt*

„Begegnung mit einem außergewöhnlichen Jungen." *Stuttgarter Nachrichten*

„In einem langen Brief schreibt sich Andreas all das vom Herzen, was ihn freut, aber auch was ihn bedrückt, was ihm an den Erwachsenen nicht gefällt, die schuld daran sind, dass Landschaften zu Betonwüsten werden, die sich immer streiten müssen, die Kriege führen ..." *Katholischer Kirchenanzeiger*

„Das Buch habe ich bekommen und gelesen. Es gefiel mir. Talentierter Mann!" *Stephan Sulke*

ADELHARD WINZER
KRETHI UND PLETHI / DAS KORKENSPIEL
ZWEI STÜCKE. 2019. 124 SEITEN
BOD – BOOKS ON DEMAND, NORDERSTEDT
ISBN 9783750414716. AUFFÜHRUNGSRECHTE:
CANTUS THEATERVERLAG, ESCHACH

KRETHI UND PLETHI. DRAMOLETT
Ein Stück, das die Sprache zum Mittelpunkt
hat. Befangenheit und Vorurteile der
Menschen. Keine zwingende Handlung.
LAYLA (schwarzhaarig) und SABRINA (blond),
einheitlich gekleidet, sitzen Rücken an Rücken
auf einer Bank, reden über eine fremde Person,
stehen auf, gehen im Kreis, deuten mit den
Händen, vermeiden es, sich dabei
anzuschauen. Ort des Geschehens: Ein
Kirchenplatz. Bühnenlicht, das, während
sie sprechen, allmählich schwächer wird und
den Schatten des Kirchturms näher bringt.

DAS KORKENSPIEL. DRAMA
Alf und Bianca haben ihre Stadtwohnung auf-
gegeben und versuchen in einem abgelegenen
Bauernhof auf dem Land sesshaft zu werden.
Eines Tages bekommen sie Besuch von Gitte
und Ernst, einem befreundeten Paar aus der
Stadt. Sie machen es sich bei Kaffee, Kuchen
und Wein im Garten bequem, erzählen von
ihren Reisen nach Asien, Österreich, Italien,
Mexiko und New York. Während Alf und
Bianca sich gegenseitig die Beweggründe ihres
Neuanfangs zu erklären versuchen, schwärmen
Ernst und Gitte von der ländlichen Umgebung.
Ein harmlos erscheinender Nachmittag auf
dem Bauernhof, bei dem es am Abend
zur Katastrophe kommt.

ADELHARD
WINZER
DER PENSIONIST
GESCHICHTEN
2019. 156 SEITEN
BOD – BOOKS ON DEMAND,
NORDERSTEDT
ISBN 9783749455041

Lieber Gott, ich fühle mich heute so einsam. Ich will mit Dir sprechen. Wo bist Du? Gehörst Du der Kirche, wie alle behaupten? Nein, von Gut und Böse wird da geredet, nicht von Gott. Als Kind haben mich alle erschreckt mit ihrer Hölle. Immerzu muss man dort bleiben, haben sie gesagt, wenn man die Gebote nicht einhält – bis in alle Ewigkeit! Der Gedanke hat mich beinahe verrückt gemacht als Kind, weil ich es verstehen wollte und doch nicht verstand. O Gott, ich fühle mich heute so einsam. Ich weiß nicht wohin. Die andern tragen Dich vor sich her wie einen Schild, schmücken ihre Bücher mit Bibelzitaten, weil sie selber nichts sind. Mich beschuldigen sie, weil ich nicht in die Kirche gehe. Nein, sie beten die Hostie an, den Altar, das Kruzifix, nicht Dich. Hast Du nicht zu mir gesagt, schau hin, wo andere wegschauen? Sei genau, sieh, was richtig ist und was nicht! O Gott, wo bist Du, ich will mit Dir reden. Hörst Du mich nicht?

„Das Surreale und manchmal das Widersprüchliche ist in den Texten von Adelhard Winzer zu finden. Immer wieder fordert er mich heraus über die Inhalte seiner Geschichten nachzudenken."
Heinz Steinbacher

ADELHARD WINZER
ITALIENISCHE SKIZZEN
PROSA. 2020. 136 SEITEN
BOD – BOOKS ON DEMAND,
NORDERSTEDT
ISBN 9783750403208

Der Strand war menschenleer,
der Mond spiegelte sich im Meer.
Ich war hellwach, fing zu schreiben
an. Es war eine Nacht voller
Einfälle, Gedankensprünge.
Ich wurde nicht müde. Der Tag
hatte noch nicht begonnen.

„Adelhard Winzers Skizzen benötigen
nur wenige Sätze und Zeilen, um eine
besondere Atmosphäre einzufangen,
über ein Empfinden Auskunft zu geben,
ein Erlebnis zu schildern oder einer
früheren Kränkung nachzuspüren.
Die Reflexionen aus einem an Erfahrungen
überreichen Leben schwingen zwischen den
Themen Sprachlosigkeit und Geschwätzigkeit,
Einsamkeit und Geselligkeit, Zweifel und
Gewissheit. Zudem erweist sich Winzer
als genauer Beobachter menschlicher
Schwächen, der eigenen genauso wie
denen der anderen. Über allem weht ein
Hauch von Melancholie, vermischt
mit italienischer Leichtigkeit.“
Isa Schikorsky

ADELHARD
WINZER
STOCKHOLM BLUES
KURZPROSA
2018. 92 SEITEN
BOD – BOOKS ON DEMAND,
NORDERSTEDT
ISBN 9783752839814

Seit ich denken kann, will ich nach Stockholm.
Kennen Sie Stockholm? Ich war noch nie dort.
Es ist schön, wo ich wohne, ich vermiss nichts.
Also, sagen meine Freunde, was willst du in
Stockholm? Ich weiß nicht. Nachts erwache
ich aus meinem Traum, drehe mich auf
die andere Seite und denke, morgen gehe
ich nach Stockholm. Stets kommt etwas
dazwischen. Ich gehe zur Arbeit, ärgere mich,
gehe wieder nach Hause – schon ist der Tag
vorbei. Wie schön wäre es jetzt in Stockholm,
denke ich, warum bist du nicht nach Stockholm
gegangen! Ich war in Trinidad, ich war in
New York, aber was ist das im Vergleich
zu meinem Traum. Meine Freunde sagen,
geh in dich, vergiss dieses Stockholm,
es bringt dich noch um! Aber in Gedanken
bin ich in Stockholm. Ich weiß nicht warum.
Um was Neues beginnen zu können,
muss ich nach Stockholm. Kennen Sie
Stockholm? Waren Sie schon dort?
Heute wäre ein guter Tag,
um nach Stockholm zu gehen!

ADELHARD
WINZER
VENEDIG, VON HIER AUS
AUFZEICHNUNGEN
2019. 212 SEITEN
BOD – BOOKS ON DEMAND,
NORDERSTEDT
ISBN 9783749437481

Diese Arbeiten
folgen keinem
künstlerischen Konzept,
keiner Gesetzmäßigkeit, keiner
Logik im herkömmlichen Sinn.
Niedergeschrieben in einem Zug,
frei von ablenkenden Gedanken
oder Zugeständnissen an
eine literarische Form
enthält der Band
zweihundert Aufzeichnungen
aus dem Unterbewusstsein.
Allein das Aufhören
am Ende der jeweiligen
Notizbuchseite,
um erneut beginnen
zu können, galt als
Einschränkung beim
Schreiben dieser Texte.

ADELHARD WINZER
DIE KÜRZESTE
LIEBESGESCHICHTE DER WELT
GEDICHTE. 2020. 124 SEITEN
BOD – BOOKS ON DEMAND,
NORDERSTEDT
ISBN 9783750437289

Zuerst wollte nur er
aber sie nicht dann
wollte sie aber er nicht
worauf auch sie
nicht mehr wollte

„Die kürzeste
Liebesgeschichte
der Welt" erzählt von
knappen Augenblicken
des Liebesglücks, vor
allem aber von verpassten
Gelegenheiten, Missver-
ständnissen, Kränkungen
und Vorurteilen, die das
scheue Gefühl schnell wieder
vertreiben. Die Liebe – ersehnt,
erträumt, erhofft – und doch
zu flüchtig, um sie für
immer festzuhalten.

ADELHARD
WINZER
LÜGENGESCHICHTEN
2018. 132 SEITEN
BOD – BOOKS ON DEMAND,
NORDERSTEDT
ISBN 9783752862102

Der Mond hat sieben Türen, sprach das Kind.
Ich lebe nicht hinter dem Mond, erwiderte
der Mann. Du hast keine Ahnung, meinte
das Kind, wenn der erst mal seine Hintertür
aufmacht, beginnen die Menschen zu wackeln.
Von wegen wackeln, sagte der Mann. Ja,
wenn der Mond wirklich wollte, könnte
er die ganze Welt überschwemmen,
aber er hat Mitleid mit uns, vor allem
mit den alten Leuten. Ich bin nicht alt,
entgegnete der Mann. Für ganz Alte, sagte
das Kind, macht er die Vordertür auf,
dort können sie hineingehen! Und das
Kind verschwand wie es gekommen war.
Blödsinn, dachte der alte Mann, drehte sich
auf die andere Seite, und konnte doch nicht
einschlafen. Seine Gedanken begannen
um den Mond zu kreisen, um die Erde,
um alte Leute. Schließlich träumte er,
durch eine große weite Tür zu gehen.
Alle Menschen machten ihm Platz,
verbeugten sich und riefen:
Wo warst du denn die ganze Zeit!

ADELHARD
WINZER
GRUNDSÄTZE
ÜBER DIE KUNST
2018. 72 SEITEN
BOD – BOOKS ON DEMAND,
NORDERSTEDT
ISBN 9783748102038

*Schon als Kind versuchen sie
dich wegzubringen von dir selbst:
Die Wissenschaft, die Mode,
das Fernsehen, Religionen,
Parteien und Politiker. Alle sagen
sie: Glaub an mich! Glaub an mich!
Wer hat dir jemals gesagt:
Glaub an dich selbst!?*

*Der Sommer, das Fahrrad, Blätter im Sand,
der Wald und die Nacht und die Stimmen,
das Lachen, der Himmel, die Kräuter
und Beeren, Geschmack von Rauch
in der Luft, Pfennigstücke neben den
Eisenbahnschienen, die Wiesen, die
Äcker, die Farben, die Birken,
Getreidefelder im Wind, der
Hügel, der See, Nebel und Bläue,
Vater, Mutter, Winter im Land,
der Schal und der Schlitten,
Bruder, Schwester – gesehen
aus einem engen Raum.*

ADELHARD WINZER
LIEBLOSE ZEITEN
GEDICHTE. 2020
116 SEITEN. PAPERBACK
BoD – BOOKS ON DEMAND,
NORDERSTEDT
ISBN 9783750452015

*Nicht durch getreues Nachahmen
oder Beschönigen der Realität allein
durch Aufdecken und Hinterfragen
von Ungereimtheiten und Lügen
bekäme das Schreiben einen Sinn*

*Dein Wesen ist wie der Schatten
nein das stimmt nicht dein
Wesen ist nicht vollkommen
nur dein Schatten also
halte dich an den Schatten*

Wie lebt und liebt man in unseren
unsicheren Zeiten, in denen nichts
mehr gewiss ist? Wie wird man
gelassen und weise? Wie geht man
mit Ängsten und Sehnsüchten
um? Adelhard Winzer misstraut
einfachen Antworten. Seine
eigensinnigen Gedichte fordern
zum achtsamen Lesen, zum Mit-
und Nachdenken auf und lassen
dabei eine völlig neue Sichtweise
auf allzu Gewohntes und
Vertrautes entstehen.

ADELHARD WINZER
LIEBES, BÖSES KIND
DRAMA. 2020
88 SEITEN. PAPERBACK
BOD – BOOKS ON DEMAND,
NORDERSTEDT
ISBN 9783751976794

*Als Kind hatte ich so viel Liebe
in mir, mich gefreut über das
Schöne im Leben. Aber meine
Liebe wollten die Leute nicht.
Man muss seine ganze Liebe
geben, haben sie gesagt.
Aber das stimmt nicht, man
muss alles verheimlichen,
verstecken, wie im Krieg.
Wenn du zu viel Liebe gibst,
nehmen dich die Leute
nicht ernst. Liebe ist
ein Fremdwort. Liebe
schreibt man ganz anders!*

Ein Soldat kommt von einem
Einsatz zurück, der ihn die beste
Zeit des Lebens gekostet hat. Er
besucht das Oktoberfest. Trifft sein
zweites Ich. Begegnet unerwartet
einem Freund, der ihm ein Geschäft
vorschlägt. Findet sich in einem
Separee wieder. Besucht seine
Schwester. Kehrt endgültig
nach Hause zurück.

ADELHARD WINZER
DIE KUNST DES DRACHENTÖTENS
CAPRICCIOS. 2020. 148 SEITEN
BOD – BOOKS ON DEMAND,
NORDERSTEDT
ISBN 9783751937122

*Der große Moment, wenn
jemand zu lachen anfängt, einen
Schritt auf dich zugeht, ohne finstere
Absicht. Was für ein Augenblick!
Die Gedanken, die hin und
her gehen. Zuversicht oder
Aufrichtigkeit? Vertrauen
oder Misstrauen? Was hat das
eine mit dem anderen zu tun,
der endlose Monolog?*

„Die Kunst des Drachentötens"
handelt von Stimmen in der Nacht,
von Phantasien und Traumsequenzen,
teilweise surreal anmutend, mystisch,
absurd. Assoziative, vielsinnige
Gedankenketten, die in eigenwilligem
Rhythmus auf hintergründige, kaum
greifbare Weise die Ungewissheiten,
Unwägbarkeiten und Fragen
umkreisen, vor die das Leben
uns täglich stellt.

ADELHARD
WINZER
MARATONGA
EIN TRAUMSPIEL
2020. 104 SEITEN
BOD – BOOKS ON DEMAND,
NORDERSTEDT
ISBN 9783751993920

Denn nichts ist für die Ewigkeit
Alles andere nur Träumerei

Ein Mann und eine Frau treffen
sich nach jahrzehntelanger
Trennung wieder, sie erzählen
davon, wie und wo sie
ihre Zeit ohneeinander verbracht
haben, was sie gesehen, erlebt
und empfunden haben dabei. Sie
vertrauen sich Geheimnisse an,
gehen gemeinsam zum Essen,
betrachten alte Fotoalben, erzählen
von den unwiederbringlichen
Zeiten, aber auch vom Heute,
das ihnen leer und zukunftslos
erscheint. Ein Traumspiel
von Liebe, Freundschaft,
Sehnsucht und Tod.

ADELHARD WINZER
STRANDGUT. MINIATUREN
2021. 216 SEITEN
BOD – BOOKS ON DEMAND,
NORDERSTEDT
ISBN 9783750442276

*Der Wind trägt dich hinaus
aufs Meer. Möwen erzählen
dir was von gestern. Die Sonne
nur noch ein Funke. Auch deine
Bewegungen werden langsamer.
Ein Segelflieger landet auf dem
Wasser. Ein Tag im August, der nie
wieder kommt. Die Häuser weit weg.
Du schwimmst um dein Leben.
Am Strand winken dir Leute
zu. Du weißt nicht warum.
Kein rettender Gedanke.*

Im Sommer 2010 begann ich in
Italien Aufzeichnungen zu machen,
schnell und ohne das Geschriebene
noch einmal zu lesen. Sechs Jahre
später habe ich auf die gleiche Weise
ein Notizbuch geführt, beide Fassungen
überarbeitet, neu zusammengestellt und
zur Veröffentlichung freigegeben. Spontane
Prosastücke, Miniaturen, unvollendete
Geschichten über Freundschaft und Liebe,
und die Vergänglichkeit des Lebens.

ADELHARD
WINZER
HEIMKEHR
ERZÄHLUNG
2021. 88 SEITEN
BOD – BOOKS ON DEMAND,
NORDERSTEDT
ISBN 9783753408361

Die Tochter besucht ihren Vater,
den sie seit ihrer Kindheit nicht mehr
gesehen hat. Sie redet mit ihm, als wäre
er nur ein Bekannter, bestenfalls ein Freund,
nicht ihr leiblicher Vater, der sie und ihre
Mutter von heute auf morgen verlassen
hat. Der Vater, ein mehr oder weniger
erfolgreicher Künstler, gibt seine
Beweggründe nicht preis, spricht nicht
darüber, auch nicht mit der Tochter.
Keine gegenseitigen Vorwürfe, kein
Streit, kein offener Schlagabtausch.
Über alles Mögliche wird gesprochen,
bloß nicht über die Trennung. Dennoch
spiegeln sich in ihrer Mimik und Gestik
Unsicherheit und Bedrängnis wider. Im
Laufe des Nachmittags, den sie im Büro des
Vaters, am Chiemsee und auf der Terrasse
eines Restaurants verbringen, entwickeln sie
nach und nach freundschaftliche Gefühle
füreinander, sodass sich die Spannungen
am Ende ins Positive wenden.